어쩜,
너야말로

꽃

같다

어쩜,
너야말로

꽃

같다

배은설 글/ 이화수 그림

알비

알람에 맞춰 부스스 눈을 뜨고 회사로 향한다.
뭐가 그렇게 바쁜지 대충 끼니를 때운다.
딱히 문제도 없지만 그렇다고 재밌지도 않은 하루를 보낸다.
그렇게 별거 아닌 일상을 보내다가
문득 이런 생각이 들 때가 있다.

'다른 사람들은 어떻게 살고 있나.'

그럴 땐 종종 라디오를 켜본다.
그럴 땐 역시 TV보단 라디오다.
이 사람 저 사람의, 역시 별 거 아닌
일상 이야기가 흘러나온다.

소소한 이야기들이 재밌다.
'나만' 그런 게 아니라 '당신도'라는 느낌 때문 아닐까.

혼자 라디오를 듣다가도 함께하는 기분이 든다.
'함께'라는 건 왠지 모를 위안을 준다.
무엇보다도 별거 아닌 일상도, 함께 나누면 별거가 되더라.

라디오가 좋아서 안동 MBC에서 라디오 작가로 일했다.
이 책은 그때 쓴 오프닝 원고를 토대로 쓴 글이다.
하루하루 매일 쓴 글이라 대부분 주변에서 일어나는
일상, 추억, 사랑, 계절 등에 대한 내용을 담았다.
그러니까 이 이야기들은
나의 이야기기도 하고, 동시에 당신의 이야기기도 하다.

부디 바란다.
이 책을 한 장 한 장 읽어나갈 때마다
얼굴도 모르는 당신과 내가 '함께' 이길.

#1 너에게 하고 싶은 말

#2 수고했어, 오늘 하루도

#3 생각나면 그냥 생각해

#4 마음 계절

비처럼 말한다는 건, 어떤 걸까? 괜스레 종일 아무것도 안 하고 내리는 비만 오래도록 바라보고 싶은 오늘이다. 오늘은 비가 와줄까?

너에게 하고 싶은 말

그냥 놀고 싶은데

아역 배우들이 열연을 펼치는
'우리들'이란 영화가 있다.
이 영화 속에 나오는 다섯 살 윤이는
친구와 매일 서로 치고받고 싸우면서도
언제 싸웠냐는 듯 금세 다시 사이좋게 놀곤 한다.

하지만 윤이 몸에 계속 멍이 드는 모습에
화가 난 누나 선이는,

"너 바보야? 그러고 같이 놀면 어떡해!"라며
속상한 마음을 드러낸다.
그러자 윤이는 천진난만하게
"그럼 어떡해?" 하고 반문한다.

선이는 그런 윤이에게 맞지만 말고
같이 때려주라고 말한다.

"그럼 언제 놀아?"
"응?"
"연호가 때리고 나도 때리고 연호가 또 때리고
나도 또 때리고… 그럼 언제 놀아? 나 그냥 놀고 싶은데."

누가 날 때리면
그 상대방을 힘껏 미워하는 방법밖엔
없는 줄 알았는데.

왕왕왕초보

자전거도 탈 줄 알고 수영도 할 수 있다.
이제 운전도 곧잘 한다.
오래 살았다고 할 순 없지만, 그래도 이 정도 산만큼
할 줄 아는 것도 많아졌다고 생각했다.

그런데 살면 살수록 배울 게 한가득하다는 걸
깨닫는 요즘이다.

어느 운전자는 유리창 뒷면에 이런 종이를 붙여뒀다.
'왕 왕 왕초보 운전' 이란 문구 중에서
첫 번째 왕에만 엑스표가 그려져 있는 종이.
그러니까 운전이 늘 때마다 '왕'을 하나씩 지워나가는 거다.

어쩌면 우리 인생이라는 것도
'초보'란 단어 앞의 수많은 '왕' 자를 하나씩 지워나가는 것,
그렇게 차차 성장해 나가는 걸지도 모르겠다.

가끔은 삐딱하게

식후 3분 안에 이를 닦지 않으면 충치가 생긴다는
사실에 누군가 그랬다.
그러니 우리 끊임없이 먹자고.

치킨 한 마리에는 무려 하루 권장량의
두 배나 되는 나트륨이 들어있다는 사실에
또 누군가 그랬다.
그러면 이틀에 한 번씩 치킨을 먹으면 된다고.

마트에 갔는데 맛있는 게 너무너무 많아서
딱 한 가지만 고를 수가 없다.
그럴 땐 그냥 다 사면된다.

가끔은 삐딱하게!
언제나 모범답안일 필요는 없으니까!

엉뚱한 짓

학교 다닐 때 배운 문장부호를 떠올려봤다.
마침표는 문장을 끝낼 때.
물음표는 물음이나 의심, 반어 등을 나타낼 때.
느낌표는 감탄이나 놀람, 부름, 명령 등 강한 느낌을
나타낼 때 사용한다.

가끔은 문장부호를 바꿔 쓰는
엉뚱한 행동을 해보는 건 어떨까?

이를테면,
'주말인 오늘은 전국에 비 예보가 있습니다.'와 같은
문장의 마침표를 물음표로 바꿔보는 거다.

그럼 원래는 비 예보로 끝날 문장이,

'비 예보가 있습니다? 뭐, 그래도 한 번 나가볼까?'
이런 예상치 못한 방향으로 흐를지도 모르니.

가끔 엉뚱한 짓을 한 번 해보는 것,
문득 발걸음이 통통 가벼워지는 일과
비슷한 일 아닐까?

소리의 무게

너무 큰 TV 소리, 듣고 싶지 않은 폭풍 잔소리,
빵빵~ 함부로 울리는 자동차 경적,
가끔 소리가 쌓이고 쌓여서 너무 무거워졌다 싶을 땐,
한 꺼풀, 한 꺼풀 벗겨내고 싶다.

그리고 그 고요해진 자리엔,
바람 소리, 잔잔한 웃음소리, 타박타박 걷는 소리,
나지막한 음악 소리, 그런 소리로 채우고 싶다.

나를 행복하게 하는 것

나를 금세 기분 좋게 해주는 것들, 어떤 게 있을까?

좋아하는 사람과 맛있는 음식을 함께 먹는 것?
혼자서 아무것도 안 하고 가만히 있는 것?
좋아하는 음악만 흘러나오는 플레이리스트를 듣는 것?

이 목록이 많으면 많을수록,
나 자신을 사랑할 줄 아는 사람이 아닐까.
나를 행복하게 하는 게 뭔지 안다는 뜻일 테니.

주말 즐기기

안락한 내 방. 내가 좋아하는 음악.
행동반경 1m 내에 있는 군것질거리.
온종일 봐도 지루하지 않을 만화책
또는 드라마나 영화.
뒹굴뒹굴하다가도 언제든 나가 놀 수 있는 마음.

이 정도면 충분하겠지?
이제 즐길 준비만 남았다!

만끽해보자, 이 주말을!!

잘 쉬는 방법

'10분 동안 잘 쉬는 10가지 방법'
이란 기사 제목을 보았다.

기사를 열어볼까 하다가 그만두었다.
10분이란 그 짧은 시간을,
10가지씩이나 되는 방법을 쓰면서까지
쉬고 싶진 않았다.

뭐~ 굳이 방법을 찾는다면,
'잘 쉬는 방법', '잘 노는 방법' 같은 것을 찾아보지 않는 것,
그게 또 하나의 잘 쉬는 방법, 아닐까?

아프면 전화해

"모든 컴퓨터 수리. 데이터 완벽 복구. 초스피드 출장."

대부분의 컴퓨터 수리업체가 이런 문구를 적어놓는다.
그런데 우연히 본 어느 컴퓨터 수리점에는
이런 문구를 붙여뒀다.

"아프면 전화해. 지금 당장 달려갈게."

그저 광고 한 문장에 마음이 뭉클하다면,
이거 컴퓨터에 문제가 있는 게 아니라
내 마음이 아픈 거 맞지?

즐거운 하루

느지막이 일어나 아점을 먹는다.
근데 입이 좀 심심하다.
집 앞 동네슈퍼에 가보기로 한다.
목이 좀 늘어났지만, 무릎 부분도 좀 튀어나왔지만,
세상 편한 티셔츠에 운동복 바지를
대충 걸쳐 입고 슈퍼로 간다.

익숙한 몸짓으로 군것질거리를 고른다.
급할 필요도 없다.
'이거 먹을까?', '저거 먹을까?'
행복한 고민을 충분히 즐긴다.
그렇게 고른 군것질거리를 잔뜩 담은
검정 비닐봉지를 들고 다시 집으로 향한다.

아, 그러다 발길을 돌려서 동네 놀이터로 가도 좋겠다.
그네 위에서 과자 하나를 까먹다가,
동네 꼬마가 보이면 "하나 먹을래?" 하면서
과자 하나를 쥐어줘도 좋겠다.

그날 저녁 오랜만에 일기를 쓴다면,
아마도 이런 글이 될 것 같다.

'참 즐거운 하루였다!'

브라우니 게임

사람은 여럿인데,
식탁 한가운데에 브라우니가 하나 남아있다.
이 브라우니는 누구의 것이 될까?

영화 '노팅힐'에선
'누가 잘났나?'가 아니라
'누가 못났나?'를 겨루고,
제일 불행한 사람이 브라우니를 차지했다.

그들이 그런 자조적인 게임을 할 수 있었던 이유,
나의 가장 못난 점도 스스럼없이 드러낼 수 있는
친구들과 함께였기 때문일 것이다.

나에게도 결점을 보듬어주고 극복할 수 있도록
도와줄 사람이 있다면,
이 세상을 함께 살아갈 친구가 있다면,

브라우니쯤이야 맘껏 먹어도 좋겠다.

외로움

혼자 사는 한 친구는
퇴근하고 집에 들어설 때의 적막감이 싫어서
온종일 TV를 켜놓는다고 했다.
또 다른 누군가는 옆에 친구가 있어도 외롭다고 했다.

또 언젠가 기타리스트 K는
"외로워서 집에 있던 하루살이도 잡지 못했다."는
말을 하기도 했다.

왜 이렇게 외로운 사람들이 많은 걸까.
외로움은 담배만큼이나 건강에 해롭다는데.
담배는 금연을 결심하기라도 하지,

외로움을 끊으려면 뭘 어떻게 해야 하는 걸까.
혼자 물음표를 곱씹어도 별 뾰족한 수가 없다.
멀뚱히 앉아 있는 곰돌이 인형한테라도 한 번 물어볼까.

평범함의 위대함

뛰어난 용모.
영특하고 비범한 두뇌.
역경을 이겨낸 삶.
훌륭한 업적.

어렸을 적에 많이 읽었던 위인전에
빠지지 않고 등장하는 요소들이다.

이제는 위대한 업적을 남기지 않아도
보통의 삶을 기록으로 남기는
평범한 사람들의 자서전 쓰기가
꾸준히 이어지고 있다.

어떤 사람은 자서전에서 이렇게 말했다.

"이렇게 살아도 되더라."

하지만 나는 안다.
'이렇게 살아도 되더라.'
그 겸허한 말 속에
졸린 눈을 비비면서도 매일 아침 출근하고,
만만치 않은 세상살이에 좌절하다가도
다시 힘을 내고,

그렇게 한평생을 우직하게 살아낸
평범하지만 평범하지 않은
슈퍼히어로의 삶이 숨어 있음을.

마음이 보송해지는 방법

김훈 작가의 '라면을 끓이며'라는 산문집에
이런 부분이 나온다.

"무더운 여름날, 몸과 마음이 지쳐서 흐느적거릴 때,
밥을 물에 말고 밥숟가락 위에 통통한 새우젓을
한 마리씩 얹어서 점심을 먹으면,
뱃속이 편안해지고 질퍽거리던 마음이 보송보송해진다."

사실 물에 만 밥에 새우젓은
간소하기 그지없는 밥상이다.
하지만 때론 화려함 대신 이런 단출함이
빛을 발하는 것 같다.

흰 티에 청바지처럼 군더더기 없는 패션,
가수의 기교부리지 않는 깨끗한 목소리,
꾸밈없이 솔직 담백한 사람.

몸과 마음 온도가 자꾸 올라가기만 할 땐 단순해지기가
마음이 보송보송해지는 좋은 방법이란 사실을 배운다.

상상은 즐거워

무도회에 가지 못한 신데렐라가 울고 있을 때쯤,
요술쟁이 할머니가 나타나
휘리릭 마술 지팡이를 흔든다.

그러자 호박은 반짝거리는 황금마차로,
쥐들은 말과 마부로,
도마뱀은 하인으로,
신데렐라의 누더기는 화려한 드레스로 변한다.

가끔은 나에게도 이런 요술쟁이 할머니가
나타나 주길 바라곤 한다.

그럼 지금 입고 있는 무릎 나온 운동복 바지가
내 마음에 쏙 드는 옷으로 저절로 짠~ 변신할 테고,
그 옷을 입고 기분 좋게 누군가를 만나거나
어딘가로 떠날 수 있을 테니 말이다.

요술은 동화 속에서만 일어나는 일이라고?
현실에서는 일어날 리 없다고?

하지만, 떠올리기만 해도 즐거운 '상상'을
군이 하지 않을 필요는 없다.
상상하는 그 순간 요술쟁이 할머니가
요술 지팡이를 흔들지도 모른다.

비비디 바비디 부!

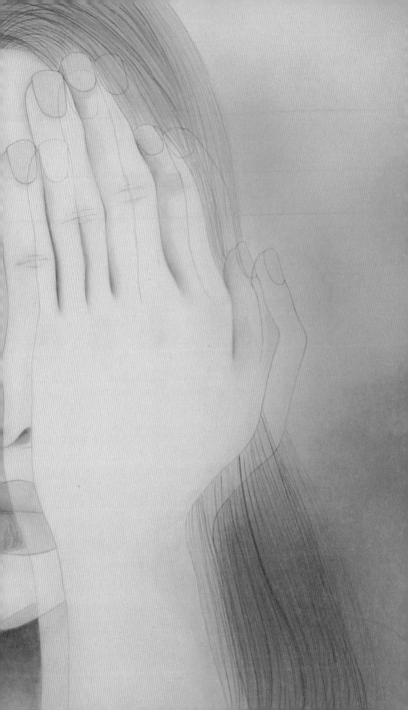

비가 와줄까?

덴마크 소설가 카렌 블릭센이 1914년부터 1931년까지
17년 동안 살았던 아프리카 시절을 떠올리며 쓴 회고록,
'아웃 오브 아프리카'

'아웃 오브 아프리카'란 책에
발목이 가느다란 케냐 원주민 아이들이
카렌 블릭센에게 시를 읊어달라고 조르는 내용이 나왔다.

"또 해주세요. 비처럼 말하는 거요."
아이들은 이렇게 말했다.

비처럼 말하는 건, 어떤 걸까?
종일 아무것도 안 하고
내리는 비만 오래도록 바라보고 싶은 오늘이다.

오늘은 비가 와줄까?

심호흡

모든 일을 딱 멈춘다.
온전히 나에게 집중한다.
특히 내 호흡에만 집중해본다.
그리고 천천히 심호흡한다.

그럼 서두르던 손길도, 헝클어지려던 마음도,
조금씩 조금씩 제자리를 찾는다.
차분해지고 편안해진다.

자주 지치는 요즘,
심호흡 한 번, 하고 갈까?

그게 어렵더라

세상에 당연한 건 없다는 걸 알아가고 있다.
어렸을 땐, 어른이 되면 당연히 금세 취업하고,
연애, 결혼, 출산도 착착 해나가는 건 줄 알았다.
알고 보니, 어느 하나 쉬운 게 없더라.

반대로, 당연한 건데 당연한 건 줄 모르는 것들도 있다.
살다 보면 때론,
아니, 생각보다 더 자주 힘들다는 사실.

이 당연한 사실 하나만 담담하게 받아들일 수 있어도,
종종 우리에게 찾아오는 삶의 무게가,
조금은 줄어들 것도 같은데.

근데
그게 그렇게 어렵더라.

괜찮다, 괜찮다

풍선을 준비한다.
이왕이면 내가 좋아하는 색깔의 예쁜 풍선으로.
풍선을 불면서 그 속에 하나씩 하나씩 집어넣는다.

후회되는 순간, 상처받았던 순간, 미련이 남는 순간,
무기력했던 순간, 누군가를 미워했던 순간,
솔직하지 못했던 순간, 자신감이 사라졌던 순간,
화가 났던 순간, 상상할 수 없는 아픔을 겪었던 순간을.

모조리 다.

아! 헬륨가스도 잊지 말고 빵빵하게 넣어준다.
그런 다음 풍선과 나를 잇고 있던 줄을
손에서 놓아버린다.

풍선은 멀리멀리, 높이 높이 날아간다.
속으로 이렇게 되뇐다.

"괜찮다, 괜찮다."

비 오는 날의 음악회

중국 베이징에 있는 국가 대극원은,
'세계 최대 규모의 공연장'이다.

또 스페인 바르셀로나에 있는 팔라우 델라 무지카는
'음악 궁전'이라는 이름에 걸맞게
'세계에서 가장 아름다운 콘서트홀'이고

아르헨티나의 부에노스아이레스 콜론 극장은,
유명한 오페라 지휘자 21명이 꼽은,
'세계에서 가장 음향이 좋은 오페라극장'이다.

언제쯤 이런 공연장에 가볼 수 있을까 생각해보다
문득 남부럽지 않은 공연장이 떠올랐다.

온 세상이 적당히 어두운 조명에,
타닥타닥 땅과 맞닿는 빗소리.
저절로 감성적인 마음.
오늘처럼 창밖으로 내리는 비를 바라볼 수만 있다면
그 어느 곳이든 공연장이 되었다.

이제, 음악만 흐르면 되겠다.

아직

'환상의 커플'이란 드라마에서
극 중 인물 나상실은 아이들에게 심오한 말을 남겼다.

"니들은 이미 짜장면을 포기했어. 지나간 짜장면은
　다시 돌아오지 않아. 어린이들. 인생은 그런 거야."

그래, '이미'라는 단어,
다 끝나거나 지난 일을 이를 때 쓰는 말이다.
그래서 '포기'라는 단어와 잘 어울린다.

하지만 나에겐 다행히 이 단어도 있다.
'아직'

어느 취업 준비생이,
대학 졸업식 때 현수막을 붙였다.

"동기여 먼저 가게. 난 이미 틀렸어."

이미 졸업식은 끝났지만, 나에겐 젊음이 있고,
꿈이 있으니 아직 끝나지 않았다.

펑펑 울기

어느 택시 운전기사가 택시에서 하염없이 울다 내린
승객을 보며 이렇게 말했다.

"어휴. 사랑 참 어렵다."

사랑에 대한 온갖 명언이 쏟아져도,
인생에 대한 조언이 그렇게 많아도,
누군가에게 사랑은, 인생은,
정말이지 너무 어렵다.
눈물을 쏟는 일 밖에는 할 수 있는 게 없다.

누구에게나 울고 싶을 때가 있다.
요즘이 그런 때가 아니라면 좋겠지만
혹시라도 그런 때라면,
괜찮다, 펑펑 울어도.

눈물에 싹 씻겨 내려갈지도 모를 일이다.

반딧불이

언젠가 곤충 엑스포에서 이런 글을 읽었다.

"반딧불이는 폭풍에도 빛을 잃지 않는다.
 그 빛이 자기 안에 있기 때문이다."

당장 오늘 하루만 해도
폭풍같이 밀려드는 일에,
상사의 폭풍 잔소리에,
또 폭풍 더위에 시달릴지도 모른다.

하지만 그런 폭풍이 휘몰아친들,
내 안의 빛까지 뺏어갈 수는 없다.
우리는 각자 한 마리의 반딧불이니까.

오늘도 반짝반짝한 하루를!

너에게 하고 싶은 말

알람 소리에 떠지지 않는 눈을 비비면서 일어난다.
출근길엔 자주 발걸음이 무겁다.
하루에도 몇 번씩
'회사를 때려치워? 이직해?' 고민한다.
통장 잔액을 바라볼 땐 뒤에 0이
몇 개 좀 더 붙어있었으면 좋겠고,
부질없는 걸 알면서도 복권에 희망을 걸어보기도 한다.

그런데 이 시점에서 그 말이 생각난다.
어린 나에게 할머니가 해줬던 말
"내 새끼. 용케 잘했네."

너에게도 전하고 싶다.
힘들다, 힘들다 하면서도 잘 해왔다고.
기특하고 대견하다고.

때론 희미한 기억이 더 아름답게 느껴지는 법이다. 여러 가지 마음 중 불필요한 마음이나 일들은, 과감하고 말끔하게 정리하기. 내 몸의 소리를 한 번 들어 보자. 삐거덕 소리가 나는지, 혹시라도 고장 난 곳은 없는지.

2

수고했어, 오늘 하루도

하나부터 시작

배우 C는 운동할 때
하루에 팔굽혀펴기를 1,500개씩 했다고 한다.

근데 말이 1,500개지, 엄두가 안 나는 숫자다.
그래서 사람들이 물었다.
어떻게 팔굽혀펴기를 그렇게 많이 할 수 있냐고.
그 질문에 C는 이렇게 대답했다.

"그냥 1개부터 하다 보면 1,500개가 됩니다."

"아~ 할 일이 왜 이렇게 많아?"
"아~ 이걸 언제 다 해?"

지끈지끈 머리 아프고 복잡할 때,
이 단순하지만 명쾌한 답을 떠올려 보는 건 어떨까?

하나부터 시작하면 된다.

칭찬

우연히 영화배우 J를 본 어느 여성이
무심결에 그랬다.

"와! 진짜 잘생겼다."

그 말을 들은 J가 정색하며 물었다.

"방금 뭐라 그랬어요?"

깜짝 놀란 여성이 다시 기어들어 가는 목소리로
"진짜 잘 생기셨다고요."라고 했더니

J가 웃으면서 대답했다.

"알아요. 두 번 듣고 싶었어요."

잘생겼다는 말이 지겨울 것 같은 영화배우도,
두 번 세 번 듣고 싶은 게 칭찬이다.

칭찬, 역시 아끼지 말아야겠다!

오늘만큼은

옛날 우물가나 빨래터에서는
어느 집이 싸웠다더라, 누가 이사를 왔다더라,
어느 집은 오늘이 잔칫날이더라,
이야기꽃을 피우는 사람들로 항상 북적였다고 한다.
당시 마을의 소식통 역할을 톡톡히 해낸 것이다.

요즘, 이웃끼리 살갑게 안부를 주고받거나
이런저런 소식을 전하기란 쉽지 않다.
직장에서도 크게 다르지 않다.

오전에는 월요병에 시달리고,
오후에는 업무 하느라 정신없고,
그러다 보면 서로 주말은 어떻게 보냈는지
이야기할 새도 없이 어느새 퇴근 시간.

주말은 잘 보냈어?
오늘 하루는 어땠어?
너무 바쁘진 않았어?

오늘만큼은 동료, 이웃에게 안부를 물어보는 건
어떨까?

때론 희미한 기억

앨범에 간직한 사진 중에는 흔들린 사진도 있다.
이 사진을 꺼내 들면 선명하진 않지만,
그래서 왠지 더 분위기 있고 아련한 느낌이 든다.

추억이 꼭 그렇다.
지나고 나면 나쁜 기억은 희미해지고,
좋은 기억만 아련하게 떠오른다.

때론 흐릿한 기억이 더 아름답게 남는 법이다.

잘 자라기

언뜻 보면 잎이나 가지가 무성한 식물이
잘 자라고 있는 것 같지만, 실은 그렇지가 않다.

겉으론 멀쩡해 보이는 잎이나 성장 줄기를 제거하는 걸,
곁순 제거, 혹은 순치기라고 하는데
아까워도 이렇게 정리를 해줘야
영양분이 분산되는 걸 막고,
더 크고 좋은 열매를 맺게 된다.

때론, 나에게도 그런 시간이 필요하다.
여러 가지 마음 중 불필요한 마음이나 일들은,
과감하고 말끔하게 정리하기.

잘 자라고 있니?

추억

게임 중에 나무 블록을 하나, 둘 쌓아 올리는 게임이 있다.
나무 블록의 높이가 점점 더 높아질수록
더 조심스럽게 나무 블록을 쌓는다.

하지만 아무리 잘 쌓아 올려도,
어느 순간 나무 블록이 와르르 무너져 내린다.

생각해보면 삶도 그렇다.
살면서 하나, 둘 잘 쌓아 올렸다고 생각했는데,
한순간에 무너지는 때가 온다.

호감이나 믿음이나 노력 같은 것,
심지어 굳건할 것만 같았던 사랑까지도
한순간에 무너질 수 있는 게, 인생이다.

하지만 추억은 다르다.
쌓으면 쌓을수록 더 버틸 힘이 된다.

사소하지만 하루하루 쌓여가는 추억이
더 소중하게 느껴지는 요즘이다.

내가 내쉬는 숨

코나 입으로 공기를 들이마셨다 내보냈다 하는 것,
이 순간에도 무의식적으로 하는 것, 숨쉬기다.

그런데 숨 쉴 때 나오는 입김에도 색깔이 있다고 한다.

미국의 심리학자 엘머 게이츠라는 박사가
기뻐하는 사람, 화를 내는 사람, 슬퍼하는 사람,
후회하는 사람들의 숨을 채취해 냉각시켜봤더니
신기하게도 숨의 색깔이 각각 달랐다.

특히, 화를 내는 사람의 날숨에서는
갈색 침전물이 생겼는데
무시무시한 점은 이 침전물을 쥐에게 주사했더니,
쥐가 몇 분 만에 죽었다는 것이다.

지금 내가 내쉬고 있는 숨은 어떤 색일까?

오늘은 갈색 숨을 내쉴 일이 생기지 않길.

31일

정신없이 일하느라 때를 놓쳐서
급하게 때우는 밥은 좀 서글프다.

스트레스가 쌓였을 때 먹는
매콤한 주꾸미는 위로가 된다.

몸이 좀 허할 때나 아플 때 먹는
든든한 죽이나 뜨끈뜨끈한 곰탕 같은 건,
꼭, 약 같은 밥이다.

그러니까 한 끼 밥을 먹는다는 건
단순한 일만은 아니다.

벌써 한 달이 훌쩍 지나갔다.
31개의 날 동안, 밥은 제대로 잘 챙겨 먹었나.

오늘도 파티

누구는 기념일이 아니어도
케이크를 사서 초를 붙이고 손뼉을 친다.
단지 촛불을 후~ 불어 끄는 걸 좋아해서.

또 어느 게스트 하우스에서는 매일 파티를 연다.
새 친구가 오면 환영 파티, 친구가 떠나면 이별 파티,
날이 좋으면 좋으니까 파티,
비가 오면 비가 오니까 레인 파티.
이런 식으로 말이다.

'파티'라는 게,
꼭 특별한 날 거창하게 해야만 하는 건 아닌 것 같다.
오히려 지극히 평범하던 일상에 '파티'란 단어를 더하면,
그 순간이 특별해지는 기분을 느낄 수 있으니까.

말 나온 김에 파티를 열어보는 건 어떨까?

오늘도 수고한 나를 위한
'수고했어, 오늘도' 파티!

꼬마의 세상

5살 된 꼬마가 명절 선물로 들어온 고등어를
한 입 먹고는 그랬다고 한다.

"와~ 태어나서 먹어 본 고등어 중에 제일 맛있어!"

종종 이런 꼬마들을 보면
"어이구~ 몇 년이나 살았다고!"
하는 말과 함께 웃음이 났다.

그런데 알고 있는 세상의 크기가 좁고 작다는 게
꼭 나쁜 것만은 아니라는 생각이 들었다.

비교 대상이 많지 않으니
작은 기쁨도 더 크게 느낄 수 있고 무엇보다도,
앞으로 경험할 게 무궁무진하단 의미기도 하니까.

꼬마도 언젠간
세상에 더 맛있는 고등어가 있다는 걸, 알게 되겠지?
물론 맛없는 고등어가 있단 사실도 알게 될 것이다.

그렇게 꼬마의 세상은 조금씩 조금씩 더 넓어질 것이다.

두부

음식 재료 중에 그 자체의 맛이 강해서
단독으로 먹어야 더 맛있는 재료가 있다.

반면, 어느 음식에 넣어도 맛이 잘 어우러지는 재료도 있다.
대표적인 게 두부가 아닐까.
김치찌개에 넣어도 맛있고, 된장찌개에 넣어도 맛있고,
두부는 어떤 음식과 함께 먹어도 무난하게 잘 어울린다

그렇다고 두부가 개성이 없는 건 아니다.
뜨끈뜨끈한 순두부나 두부구이 같은 음식들은,
두부가 주재료가 돼서
고소하고 담백한 본연의 맛을 뽐낸다.

어떤 요리 재료와도 잘 어울리는 걸 봐서는
꼭 둥글둥글 성격 좋은 사람 같은데,
또 두부만 먹어도 맛있는 걸 보면,
제 색깔 역시 가진 사람 같다.

두부처럼 유연한 삶의 태도와 자기만의 정체성을
모두 갖춘 사람이 되고 싶은 지금은,

앗! 점심시간이다.

슈퍼맨처럼

영국 하트퍼드셔 대학 심리학과 연구팀에서
이런 실험을 했다.

평범한 티셔츠를 입은 학생들과
슈퍼맨 티셔츠를 입힌 학생들을 분류해
정신 능력 테스트하기.

그 결과,
평범한 티셔츠를 입은 학생들은 평균 64%의 점수를,
슈퍼맨 티셔츠를 입은 학생들은 평균 72%의 점수를
얻었다고 한다.

슈퍼맨, 슈퍼걸 옷으로 좀 갈아입어 보는 건 어떨까?
슈퍼맨을 상징하는 쫄쫄이가 아니어도 좋다.
사람마다 슈퍼맨 티셔츠를 의미하는 건 다를 테니까.

내 꿈이 될 수도 있고, 성실함이 될 수도 있고,
지갑 속 가족사진이 될 수도 있다.

그럼 이제 한쪽 팔을 하늘 위로 쭉 뻗어 날아볼까?

즐기는 방식

보고 싶던 책을 샀지만,
책을 펴보지도 않고
책장에 꽂아두는 친구가 있다.
갖고 싶던 음반을 샀지만,
포장도 뜯지 않은 채 보관하는 친구도 있다.

그럴 때 "보지도 않을 거면서 뭐 하러 샀어?"
"듣지도 않을 거면서 뭐 하러 샀어?"
라고 핀잔 주는 건 금물이란 사실을 깨달았다.

'고이' 간직하는 것,
그게 친구의 즐거움이란 걸 알았기 때문이다.

즐기는 방식이 어떻든 그 행위로 즐거워졌다면
그걸로 충분하다.

고장 난 내 몸

언젠가부터 의자가 삐거덕거리기 시작했다.
고장 난 부분을 고쳐야 하지만,
쓰는 데 크게 불편한 점도 없고 귀찮기도 해서
그대로 쓰기도 했다.
하지만 의자를 고치기 전까지
삐거덕 소리는 멈추지 않았다.

"아~ 피곤하다."
"아~ 졸리다."

나도 모르게 나오는 이런 소리도,
의자 삐거덕거리는 소리랑 비슷하다는 생각이 들었다.

한번 내 몸의 소리를 들어 보자.
삐거덕 소리가 나지는 않는지,
혹시라도 고장 난 곳은 없는지.

먹는 즐거움

"달콤한 향기가 입에 가득하여, 3일 동안 가시지 않는다"
홍길동전을 쓴 허균이 방풍죽이란 음식을 소개한 말이다.

"복어의 신비한 맛은 목숨과도 바꿀만한 맛이다"
중국 송나라 시인 소동파가 복어를 극찬한 말이다.

"한 손에 술잔, 다른 한 손에 게를 들면,
일생의 낙이 넉넉하다"
이건 중국의 어느 옛 시인이 한 말이다.

역시 먹는 행위는
과거나 지금이나 단순히
'음식물을 입으로 씹어서 뱃속으로 들여보내다'
라는 사전적 의미로만 설명할 순 없을 것 같다.
특히 맛있는 음식을 먹을 땐 말이다.

그러고 보면 맛있는 음식을 먹을 때의 즐거움을 안다는 것,
의외로 삶을 좀 더 즐겁게 살 방법 한 가지를
더 아는 일일 지도 모르겠다.

작은 예의

몇십 년을 써온 할머니 집 선풍기가 말썽이다.
타이머도, 바람세기 조절 버튼도 작동이 안 된 지 오래다.
털털~ 요란한 소리를 내며 간신히 돌아가던 선풍기가
요즘따라 멈춰버리는 일이 잦다.

새것으로 바꾸자는 나의 반복된 채근에
할머니는 마지못해 그러겠다고 한다.
그러고선 선풍기에 앉은 묵은 때들을
뽀독뽀독 깨끗이 씻어낸다.

어차피 버릴 거 왜 씻냐는 나의 물음에,

"지난여름 내내 나를 시원하게 안 해줬냐~"

오랫동안 나와 함께 해준 것에 대한 작은 예의.
물건에도 예외는 아니라는 걸 할머니에게 배운다.

그 장소

이효석 작가의 '메밀꽃 필 무렵'이란 소설에 나오는
장돌뱅이 허생원은,
매번 봉평을 빼놓지 않고 오간다.

보이는 곳은 온통 메밀밭이어서
개울가 어디 없이 하얀 꽃이 숨 막힐 듯 피는 곳.
어느 달 밝은 밤, 처음이자 마지막 사랑을 만난 곳.
봉평은 허생원에게 그런 장소이기 때문이다.

살다 보면 이렇게
오래도록 마음에 두게 되는 장소가 생긴다.

어릴 적에 뛰놀던 동네나,
이제는 만날 수 없는 사람이 머물던 곳,
혹은 사랑하는 사람과 처음 손을 잡았던 장소처럼 말이다.

바쁜 일상에, 시간에 쫓겨 희미해진
그 장소로 가보자.
눈을 감고 그 곳을 떠올려보자.

그곳은 어떤가?
여전히 그대로인가?

버킷리스트

언젠가 버킷리스트 열풍이 불었을 때 작성해본
목록들이 있다.

군이 리스트로 작성하지 않아도
살면서 꼭 해보고 싶은 일들을
생각해본 적은 있을 것이다.

그 버킷리스트.
지금 다시 꺼내 본다면 어떨까?
그래도 몇 개 정도는 지워져 있을까?

하나도 지우지 못했더라도 괜찮다.
버킷리스트를 생각하는 일만으로도 행복하니까.

물들어

만화를 보면 가끔 이런 인물이 등장한다.
화가 머리끝까지 나면 얼굴부터 몸 전체까지
모두 붉은색으로 물들어가는 캐릭터.

만약 현실 세계에서도 속마음이 색깔로 드러난다면
햇살 아래에서 해바라기를 하는 사람은
환하고 밝은 노란색으로 물들 것 같다.

막 샤워를 하고 산뜻한 마음으로 나온 사람은
푸릇푸릇 상큼한 연둣빛으로 서서히 물들지 않을까?

주말을 맞아 신나게 쇼핑을 하고 있는 사람은
여러 가지 다양한 색깔로 화려하게 물들 것 같고,

사랑을 하는 연인들은 보기만 해도
사랑스러운 꽃 빛깔로 서서히 물들 것만 같다.

요즘 너는 무슨 색깔로 물들고 있는 중이니?

날씨 핑계로

"와~ 날씨 좋네요."
"오늘은 바람이 좀 부네요."
"주말에 비가 온다더라고요."

크게 친하지 않거나 서먹한 사이일 때.
날씨 얘기 말곤 딱히 할 말이 없다.

어색한 사이에서만 날씨 얘기를 하는 건 아니다.

"오늘 날씨 춥다. 날도 추운데 따끈한 어묵 어때?"
"오늘 날씨도 좋은데, 커피 한 잔 어때요?"

날씨 핑계를 대서라도 만나고 싶은 사이도 있다.

오늘 날씨가 참 좋다.
핑계 댈 준비 됐니?

내 일의 가치

'생활의 달인'이란 프로그램에 나오는 사람들의 말에는
오랜 시간 동안 하나의 작업을 해온 사람의
'일'을 대하는 태도가 담겨 있다.

어느 라이터를 만드는 달인의 말도 그랬다.

"몇백 원짜리 라이터라고 해서
소홀하면 안 된다고 생각했어요.
그럼 내가 하는 일이 몇백 원짜리밖에 안 되는 거니까요."

내가 하는 일의 가치는
그 누구도 아닌 내가 만들어 가는 것이다.

지금 내가 하는 일의 가치는,
어느 정도일까?

오늘 하루도

언젠가 제주도에서 공연을 한 가수 루시드폴이
그런 말을 했다.

본인 공연에는 유독 조는 사람이 많아서,
예전에는 그게 그렇게 상처가 됐었다고.
하지만 지금은 생각이 바뀌었다고 한다.
이 시끄럽고 복잡한 세상에,
누군가를 재울 수 있다는 게 뿌듯하다고.

지금 플레이리스트를 재생해보자.
한 번 쉬어갈 수 있는 노래. 하루의 피곤을 풀어주는 노래.

솔솔 잠이 온다.
수고했어, 오늘 하루도.

마음 조종

분명 내 컴퓨터인데,
마우스가 제멋대로 움직이고
이것저것 클릭하기도 한다.
컴퓨터 원격제어 기능을 사용했을 때 나타나는 현상이다.

가끔은 나에게도 원격제어가 작동하는 게 아닌가
싶을 때가 있다.
마음과는 달리 미운 말을 해버린다든가,
나도 모르게 눈꺼풀이 자꾸 내려온다든가 할 때.

만일 오늘 해야 할 일을 미루고 침대 속에서 휴대전화만
만지작거리고 있다면,
게으름에 원격조종을 당하고 있는 게 분명하다.

때

그럴 때가 있다.
오늘따라 꼭 먹고 싶은 음식이 있거나
보고 싶은 영화가 있거나
지금 당장 듣고 싶은 음악이 있을 때.
시간이 지난 후에 먹거나 보거나 들으면
그만큼의 감흥이 없어지는 딱 그런 때!

무엇이든 시기적절한 '때'란 게 있다.
무엇인가에 대한 의욕이 가장 충만할 때.
그때를 놓치면, 관심과 열정은 어느새 시들시들해진다.
무엇보다도 그런 때가 자주 오는 게 아니니까.

그러니 혹시 그 '때'와 마주쳤다면,
꼭 잡자. 놓치지 말고.

돌고 돌고 돌고

"가고 싶던 세계 여행을 했지만,
돌아오니 빈털터리가 되었다.
친구들을 만날 때마다 신세를 지게 된다."

'서른, 결혼 대신 야반도주'란 블로그 속 실제 이야기다.
얻어만 먹어서 미안하다고 말하는 글쓴이의 말에
그녀의 친구는 이런 말을 남겼다.

"백수는 돌고 도는 법!"

살다보니 진짜 그렇다.
도움을 줄 때가 있으면 도움을 받을 때도 있고,
위로해 줄 때가 있으면 위로를 받을 때도 있는 법.

이런 명곡도 있지 않나.

'돌고 돌고 돌고'

마음 몸무게

살찌는 소리가 생생한 라이브로 들릴 때가 있다.

분명 먹방을 '보고' 있었는데,
나도 모르게 먹방을 찍고 있을 때.
고기, 초밥, 튀김, 빵에 후식으로
아이스크림까지 야무지게 챙겨 먹을 때.

지금 내 몸에 붙어있는 살들은,
그런 순간들이 모여 이루어진 것이다.

살이 꼭 몸에만 찌는 건 아니다.
마음에도 포동포동 살이 오르는 순간들이 있다.

'한동안은 이 노래겠구나.' 싶은 노래를 만났을 때.
'훅~' 마음에 파고드는 책 속 한 구절을 만났을 때.
손잡고 걸으면 좋겠다 싶은 사람을 만났을 때.

타이밍

지글지글 노릇노릇,
고기 한쪽 면이 맛있게 구워졌을 때,
누군가 외친다.

"바로 지금이야. 뒤집어!"

고기를 뒤집을 때는 타이밍이 중요하다.
너무 늦으면 고기가 타버리고,
또 너무 빠르면 고기가 설익는다.

고기뿐 아니라
세상에는 늦거나 이르면 안 되는,
중요한 타이밍이 있다.

'미안해, 고마워, 사랑해, 보고 싶어.'
라고 말할 타이밍.

지금 일지도 모른다.

누군가 그랬다.

'다 잊었다'는 말은 내가 뭘 잊었는지
를 확실히 기억하게 한다고. 이별, 상
처, 실패, 좌절, 분노. 그런 기억들. 잊
히지 않을 거라면 굳이 애써서 잊으려
하지 않아도 된다고.

3

생각나면, 그냥 생각해

사랑이란

노래 가사에서나,
드라마나 영화를 보다 보면 나오는 말

"사랑이 원래 그래."

이 '원래 그런 것'이라는 말,
참 막연하고, 대책 없고, 무심한 말이란 생각이 들었다.
그럼 '사랑이 뭐냐'고 다시 물으면
'원래 그런 것'이란 말이 꼭 틀린 말 같지도 않다.

그러니까 사랑이란, 원래 그런 것이기도 하고,
원래 그런 것이 아니기도 하다는 것.

다 잊었어

"다 잊었어."

라고 말하는 순간,
왠지 어떤 기억이 하나, 둘 떠오른다.

어떤 사람이 그랬다.
"다 잊었다."는 말은
내가 뭘 잊었는지를 확실히 기억하게 한다고.

이별, 상처, 실패, 좌절, 분노. 그런 기억들.
잊히지 않을 거라면,
굳이 애써서 잊으려고 하지 않아도 될 것 같다.

생각나면, 그냥 생각하자.

맞춤하게 주소

어느 시골 마을의 작은 우체국 안,
한 중년 어른이 들어서면서부터
대화가 오갔다.

"커피 한 잔 주소."
"진하게 줄까, 연하게 줄까."
"맞춤하게 주소."

'맞춤하다'
맞춘 것처럼 딱 좋은 정도로 알맞다는 뜻이다.
우체국에서 넉살 좋게 커피를 청하는 중년 어른과,
별 타박 없이 딱 맞춤한 커피를 척척 타주는
우체부 아저씨 사이가 왠지 부럽다.

내 입맛에 딱 맞춤한 식사를 할 수 있는 단골 식당,
내 스타일에 딱 맞춤한 머리를 해주는 단골 미용실,
내 기분에 따라 딱 맞춤한 대화를 나눌 수 있는
친한 친구가 있다는 거,
참 소중한 일인 것 같다.

문득 난, 당신에게 그러고 싶다.

"사랑 좀 주소."
"듬뿍 줄까, 조금 줄까."
"맞춤하게 주소."

당신이야말로

언젠가 다큐 프로그램을 보던 중이었다.
한 손녀바보 할아버지가
손녀를 등에 업은 채
내려놓을 줄을 모른다.

"안 무거우세요?"라는 제작진의 말에
할아버지는 이렇게 답한다.

"꽃 같은 게 귀엽잖아요."

그러면서 잔잔하게 웃는데
어쩜, 당신이야말로 꽃 같다.

그때 그

영화, 카페, 바닷가, 음악, 사람…
이런 단어들 앞에 '그'란 말을 붙여본다.
어떤 단어든지, 앞에 '그'라는 말을 붙이면,
시간을 거슬러 금세 그때로 돌아가는 듯하다.

그 바닷가, 참 좋았어.
그 영화, 참 재밌었는데 말이지.
그 사람, 잘 있겠지?

확률

로또 1등에 당첨될 확률, 800만 분의 1(1/8,145,060).
내가 요즘 한창 인기 많은 연예인과 사귈 확률,
뭐... 8,000만 분의 1 정도?

이런 일들에 비하면 비교적 쉬울 것 같은 일들도 있다.

주사위에서 1이 나올 확률, 6분의 1.
4지선다 객관식 문제 정답을 맞힐 확률, 4분의 1.
둘이서 가위바위보를 할 때 이길 확률, 2분의 1.

하지만 이런 것들도 쉽지 않은 걸 보면,
경우의 수가 적다고 해서
꼭 쉬운 일만은 아닌 것 같다.

그중에서도 제일 어려운 확률은,
이거 아닐까?

그 사람이 나를 좋아한다, 좋아하지 않는다?

마술 같은

영국의 한 광고회사에서
스코틀랜드의 에든버러에서 런던으로 가는
가장 빠른 방법을 묻는 퀴즈를 낸 적이 있다.

비행기를 타면 1시간 30분,
기차를 타면 4시간 30분,
버스를 타면 무려 9시간.
시간상으로 봤을 때는 비행기를 타고 가는 게 정답일 텐데,
정답으로 채택된 건 다른 답이었다.

"사랑하는 사람과 함께 간다."

먼 거리도 짧게 만들어버리는 마술 같은 것.
사랑은 참, 신기하다.

행복할 줄 아는 사람

인터넷을 하다가 우연히 이런 기사를 봤다.

"연애 잘하는 유전자가 존재한다."

연애도 타고나야만 잘 할 수 있는 거라니
좀 억울하다.
내용을 찬찬히 읽어보니 흔히 행복 호르몬이라고 하는
세로토닌을 많이 만드는 사람이 연애를 할 확률도 높다는
연구 결과였다.

그러니까, 사랑하려면
우선 행복할 줄 알아야 한다는 말.

열려라 참깨

문에도 여러 가지 종류가 있다.
미닫이문, 여닫이문, 접이문, 자동문, 회전문 등.

그래서 문을 열고 닫는 방법이나,
들어가고 나오는 방법도 제각각 다르다.

사람 마음이랑도 비슷한 것 같다.

그 사람 마음의 문을 여는 일,
사람마다 다 달라서 쉽지 않다.

바라본다.
어떤 문이든 스르륵 열 수 있는 만능 주문은 바라지도 않으니
가끔은, 아니 생에 한 번쯤은
딱 한 사람의 마음의 문만큼은 열 수 있기를.

들어주기

"건담 프라모델이 어느 정도냐면 말이지.
기체를 디테일하게 묘사했을 뿐만 아니라,
눈, 몸체 등 주요 부위는 LED로 구현했고
거기다 다리도 움직이고, 팔목도 돌아가고,
손가락까지 하나하나 다 움직여!"

기체며 구현이며, 도통 무슨 이야기인지.
나에게는 전혀 관심 없는 이야기인지라
다른 누군가가 말했다면
그냥 한 귀로 듣고 한 귀로 흘렸을 것이다.

하지만 그 사람이 좋아하는 거니까
귀담아 들어주고 관심 가져 주는 것.

어쩌면 '들어주기'의 다른 말은,
'사랑' 일지도 모르겠다.

나만 아는

영화 '이보다 더 좋을 순 없다'에는 이런 명대사가 나온다.

"당신의 모든 생각과 행동 하나하나가 진실하다.
하지만 사람들은 내가 그런 훌륭한 여자를
만났다는 사실을 모른다.
그렇게 특별한 당신을 나만 안다는 사실이 좋다."

그러니까 이건 일종의 비밀 같은 것이다.
사랑하는 한 사람에 대해 나만 아는 비밀 같은 것.

그 의미심장하고도 은근한 기쁨.
나만 아는 상대방의 사랑스러운 비밀.
마음속에 잘 간직하고 있니?

최고의 탱고

탱고.
참 매혹적이고 아름다운 이 춤을 추기 위해선
꼭 두 사람이 필요하다.
따라서 두 사람의 호흡이 가장 중요하다.

그래서 탱고를 완성하려면
서로가 서로에게 집중하고,
또 배려해야 한다.

상대방에 대한 배려 없이 자신만의 춤을 추는 순간
스텝은 엉키고,
동작은 무너지고,
파트너의 발을 밟기도 할 테니까.

나와 마주하고 있는 그 사람과
최고의 탱고, 추고 있나요?

비 내리는 오후

비 내리는 오후,
챙겨 온 우산은 슬쩍 서랍에 넣어두고
평소 마음에 두고 있던 동료에게 다가간다.

"우산을 깜박했어요."

아끼는 옷의 한쪽 어깨가 빗물에 젖어도
오늘은 괜찮지 않을까?

너무 많아서

어느 예능 프로그램에 출연한 배우 H가,
어떤 음식을 좋아하느냐는 질문에
이렇게 답했다.

"뭘 싫어하느냐고 묻는 게 더 빨라요."

문득 두 남녀가 떠오른다.
한 사람이 물었다.

"내가 왜 좋아?"

그런데 상대방이 선뜻 대답하지 못했다.

이런 이유 때문이 아닐까?
하나, 둘, 셋, 넷, 다섯, 여섯…
좋아하는 이유가 끝도 없이 많아서. 그래서.

사랑해

가수 S의 '내게 오는 길'이란 노래에
이런 가사가 있다.

"사랑한다는 그 말 아껴둘 걸 그랬죠.
 이제 어떻게 내 맘 표현해야 하나."

어느 광고 회사 입사 시험에서는,
이런 문제가 나왔다고 한다.

"'사랑'이라는 단어를 쓰지 않고,
 사랑하는 사람에게 편지를 쓰시오."

어떻게 이 마음을 표현할 수 있을까?

사랑해주세요

식물들은 말을 할 수 없지만,
몸이 대신 말을 전하는 때가 있다.

잎들이 점점 마르거나,
아래로 축축 늘어져,
생기를 잃어가고 있음을 알린다.

다행히 그 의미를 알아차리고 관심을 준다면
식물은 어느새 생기를 되찾곤 한다.

사람도 마찬가지인 것 같다.
"그걸 꼭 말로 해야 알아?"라는
슬픔과 원망 섞인 말이 나오기까지,

그 사람은 분명 어두운 표정으로, 축 늘어뜨린 어깨로,
나에게 관심을 달란 말을 하고 있었을 것이다.

늘 귀를 열어둬야겠다.
들리는 소리에도,
들리지 않는 소리에도.

사랑은

어떤 여자가 말했다.

"제 이상형이 키 큰 남자였거든요.
근데 지금 제 남자친구 키가 저랑 비슷해요.
어떡해요~ 이미 좋아진걸."

어떤 남자는 이렇게 말했다.

"나는 그냥 끌리는 사람을 만난 건데,
그 사람이 마침 남자였던 것뿐이에요."

또는, 정말 생각지도 못했는데
내 곁에 있는 사람이 외국인일 수도 있다.

사랑 앞에서 이상형이나
성별, 인종, 취향은 무의미하다.
이미 사랑에 빠진 뒤라면.

'사랑해'의 다른 말

영어로는 아이 러브 유.
일본어로는 아이시테루.
프랑스어로는 쥬뗌므.
독일어로는 이히 리베 디히.
이탈리아어로는 띠아모.

다 다른 말처럼 들리지만,
의미는 같다.
사랑해.

"운전 조심해.", "밥 먹었어?", "오늘 더 예쁘다.",
"보고 싶어", "네 생각나서 사 왔어"라는 말들도,

어쩌면 모두 '사랑한다'는 말의 다른 말인지도 모르겠다.

콩깍지

편견은 생각이 한쪽으로 치우쳐
대상을 제대로 볼 수 없게 만들고,
선입견 역시 마음속에 굳어진 생각 때문에
진짜 모습을 볼 수 없게 만든다.

그리고 또 하나, 사랑의 콩깍지 역시,
사람을 객관적으로 보지 못하게 만든다.
딱 한 사람을 말이다.

"온 세상이 꽃이래도 내 눈엔 너만 보여."
라는 어느 노래 가사처럼.

사랑, 그 근처

여름이 점점 끝나가는 걸 아는지 모르는지,
매미는 올여름 내내 그래왔듯 여전히 제 목소리를 높인다.

매미가 우는 건 구애의 목소리다.

사랑은 매미처럼 뜨겁고 열정적으로
해야 하는 거라고 생각은 하지만,
너무 뜨거운 사랑은 어느 한쪽이 데일 수도 있겠다 싶어
고개를 내젓는다.

그러다 역시 아무려면 어때! 하게 된다.
그게 사랑이라면 말이지.

사랑 시작, 사랑 중, 사랑 끝, 사랑 휴식.
너는 지금 어느 쪽에 있니?

꼭 사랑, 그 근처에 있길.

가장 사랑스러운 실수

영화 '이터널 선샤인'에서는
사랑해서 사귀게 됐지만,
성격 차이 때문에 서로에게 지쳐버린 남녀가 있다.

두 사람은 아픈 기억만을 지워준다는
라쿠나 회사를 찾아가 서로에 대한 기억을 지우지만,
신기하게도 두 사람은 다시 만나게 된다.

우연히 만난 두 사람은
서로의 기억을 지웠다는 사실을 뒤늦게 알게 돼,
어쩔 수 없이 돌아서려 한다.
하지만 서로에게 끌리는 마음만큼은 어쩌지 못한다.

그때 이런 대화를 나눈다.

"지금 그쪽 모든 게 마음에 들어요."
"지금이야 그렇죠. 그런데 곧 거슬려 할 테고,
난 당신을 지루해할 거예요."
"괜찮아요. 뭐 어때요?"

"괜찮아요?"
"괜찮아요."

사랑이 변한다는 사실을 알면서도, 다시 사랑하는 것.
인간이 저지르는 가장 사랑스러운 실수, 아닐까?

그게 꼭 사랑이라면

"호랑이는 죽어서 가죽을 남기고
사람은 죽어서 이름을 남긴다."
라는 속담이 있다.

인생에서 가장 중요한 것은
생전에 보람 있는 일을 해서 후세에 명예를 떨치는 것임을
비유적으로 이르는 말이다.
물론 좋은 말이다.

하지만 이런 명언을 들으면
생전에 꼭 크고 대단한 일을 해야만 할 것 같은 느낌이 든다.
뭔가 업적을 남기는 것만이 삶의 목적은 아닌데.

이병률 작가의 '안으로 멀리 뛰기'라는
대화집 속에 이런 문장이 있다.

"자신이 한 사랑 앞에서,
 중요하고 아름답고도 위대한 일을 하다가
 죽었다고 간절히 말할 수 있기를."

생전에 뭔가를 꼭 하나 남겨야 한다면
사랑, 그게 사랑이어도 좋겠다.

아니, 그게 꼭 사랑이라면 좋겠다.

'봄이다'가 '봄이었다'가 되기 전에,
'설렌다'가 '설렜었다'가 되기 전에,
'사랑해'가 '사랑했었다'가 되기 전에.

4

마음 계절

봄 마음

생일, 백일, 결혼기념일에 받는 선물도 좋지만
예상치 못한 깜짝 선물을 받을 때는,
기분이 더 좋다.

오늘이 딱 그런 날이 아닐까.
여전히 추운 날씨 때문에 예상치도 못했던 선물,
봄이다!

'벌써?' 하는 생각이 들다가도,
어느새 벚꽃 흩날리는 봄 풍경을 생각하니
나도 모르게 입가에 미소가 지어진다.

마음에도 봄, 여름, 가을, 겨울이 있다면
오늘은 '아직은 겨울이지만 마음은 봄'이지 않을까?

마음만큼은 화사한 봄, 봄 마음이다.

주말인데 봄

그냥 눈 뜨고 싶을 때 일어나도 된다.
온종일 뭘 꼭 하지 않아도 된다.
그저 빈둥거려도 된다.
슬슬 콧바람이나 쐴 겸 나가보니
따듯한 기운이 느껴지는

오늘은 주말, 봄이다.

빨간 머리 앤이 한 말 중에 이런 말이 있다.

"이런 아침이면 왠지 세상 모든 걸
사랑할 수 있을 것 같지 않나요?"

이런 날이라면 정말이지,
세상 모든 걸 사랑할 수 있을 것 같다.

취하는 계절

조선 시대 문인 정극인이 지은 '상춘곡' 이란 가사에는,
이런 구절이 나온다.

"이제 막 익은 술을 갈건으로 걸러놓고
 꽃나무 가지 꺾어 잔 수를 세면서 먹으리라."

봄기운 가득한 어느 날, 술 한 잔에 꽃가지 하나씩.
그렇게 먹는 술은
술에 취한다기보단 봄에 취한다는 말이 더 맞을 것 같다.

그러고 보니 봄,
취할 게 참 많은 계절이다.

술에 취하고,
꽃향기에 취하고,
당신에게 취하고.

봄이 아름다운 이유

하나, 둘 점점 많은 꽃이 피는 요즘,
네가 있는 그곳에는
어떤 꽃들이 피고 있니?

이곳은 거리에 벚꽃이 만발이다.

벚꽃 아래서 손 꼭 잡고 걷는 풋풋한 연인,
뒤뚱거리며 걷는 아가를 사진에 담기 바쁜 가족,
머리에 살짝 꽃잎 얹고 봄기운을 만끽하는 청춘,
거리에서 흘러나오는 노래를 따라 부르며 걷는 여고생.
벚꽃만큼 환한 표정의 모든 사람들.

봄이 아름다운 이유,
꽃 때문만은 아니다.

보물찾기

바야흐로, 보물찾기의 계절이다.
알록달록한 보물들이 나 찾아봐라– 하면서
제 색깔을 드러내고 있다.

단단한 흙 속에서는 어느 순간 연한 새순이 돋아나고,
가지 끝에서는 작고 동글동글한 꽃눈이
부풀어 오르고 있다.
이미 예쁜 꽃을 보여주는 식물들도 있고
겨우 내 죽은 줄만 알았던 화분 속 식물까지도
새싹을 틔우고 있다.

확실히 봄은,
온 세상을 환하게 만드는 보물들로 가득해지는
계절이다.

어디서 어떤 꽃이 폈나,
먼저 발견하는 재미가 쏠쏠한 요즘,
네가 있는 그곳엔,
어떤 보물이 피었니?

지금, 이 순간

봄이다.
설렌다.
사랑해.

근데 그거 아니? 즐겁고 행복한 시간일수록,
눈 깜짝할 사이에 지나가 버린다는 거.

지금, 이 순간
후회 없이 즐기자.

'봄이다'가 '봄이었다'가 되기 전에,
'설렌다'가 '설렜었다'가 되기 전에,
'사랑해'가 '사랑했었다'가 되기 전에.

꽃시계

6월부터 피는 꽃 중에
분꽃이 있다.

예전에는 어느 집에 가도,
뜰 한구석이나 장독대 주변에 심어둔
몇 포기의 분꽃을 볼 수 있었다.

분꽃은 해질 녘부터 피는 꽃이기도 해서
분꽃 잎이 활짝 피면 어머니들이 하던 바느질을 멈추고
저녁을 지으러 갔다.

그러고 보면 시계 속 초침이 꼭 필요한 건
아니라는 생각도 든다.
초침까지 있으면
아, 시간이 너무 빨리 가는 기분이다.

째깍째깍, 시침, 분침, 초침으로 이루어진 시계를 바라보다
문득 마음이 초조해질 땐,

예쁜 꽃시계를 마음속에 품어봐야겠다.

여름 소리

제주의 어느 작은 가게 앞에,
하얀 스케치북 위에 파랑 크레파스 손글씨로 쓴
이런 문구가 붙어 있다.

"여름이 왔다. 맥주를 마시자. 캬아~!!!"

"캬아~" 이 소리!
소리만 떠올려도 시원한 느낌이 전해져 온다.

그러고 보니 여름과 소리는
떼려야 뗄 수 없는 관계라는 생각이 들었다.

맴맴~ 매미 소리.
털털~ 선풍기 돌아가는 소리.
얼음이 컵에 닿아 달그락거리는 소리.
바닷가의 첨벙첨벙 물소리.

지금, 어떤 여름의 소리와 함께하고 있니?

언제쯤 올까

옛날에는 누군가가 자꾸 창밖을 내다보면,
아마도 이런 말을 건넸을 것 같다.

"어디서 편지 올 데라도 있어?"
"누구 기다리는 사람이라도 있어?"

요즘엔 그리운 편지나 보고 싶은 누군가를
하염없이 기다리거나 하는 일이 별로 없다.
핸드폰으로 연락하면 금세 언제 오는지
알 수 있으니 말이다.

마음 졸이며 기다릴 일이 없어 편하기도 하지만
'어떤 편지가 올까?' '누가 올까?' 하는 설렘이나 기대감은
영영 잃은 것 같아 아쉽다.

계절을 기다려보는 건 어떨까?
계절에게 "너 언제쯤 올 거야?" 연락하는 건,
아무래도 불가능한 일이니까.

언제쯤 가을이 와줄까,
기다리는 재미가 솔솔한 요즘이다.

추억

여름 내내 심심치 않게 보이던 제비가
어느 순간 보이지 않는다.
아마도 따뜻한 나라로 간 거겠지?

매일 보이던 제비들의 안부가 궁금해진다.

그러고 보니 매미 소리도,
갑자기 시원하게 내리던 소나기도,
키 큰 해바라기 꽃도 이따금 그리워질 것 같다.

역시 지나고 나면 그리워지는 것들이
하나, 둘 생겨난다.

앞으로도 겨울이 오면 또 가을을 그리워할 테고,
봄이 오면 또 겨울을 그리워할 테고,
여름이 되면 또 봄을 그리워할 것 같은데.
이러다간 내내 그리워만 하겠다.

아무래도 추억을 사랑해서 이러는 거겠지?

가을은 와주는데

긴 옷을 입자니 아직은 덥고, 짧은 옷을 입자니
아침저녁으로 추운 요즘이다.
비라도 오면 여름비인지 가을비인지
헷갈리기도 하고.
여름에서 가을이 되는 이맘때쯤에는
항상 이런 모호함이 있다.

사람과 사람 사이에도 모호함이 존재할 때가 있다.
분명 호감은 있는데 그렇다고 연인은 아닌 사이일 때.
흔히 말해 '썸' 타는 사이일 때 말이다.

한 가지 다른 점은 여름과 가을 사이가 지나고 나면
어쨌든 가을은 와주는데,
친구와 연인 사이가 지나고 나면
꼭 연인이 되는 건 아니라는 점이다.

계절의 변화보다 더 복잡 미묘한 게
사람 마음인가 보다.

잠이 솔솔

단숨에 읽히는 책도 좋지만,
읽다 잠드는 책도 좋다.
책을 읽다 꾸벅꾸벅, 그러다 어느새 깊이 잠드는 거지.

아. 꼭 가을 햇살 아래에서라면 좋겠다.

저 멀리

처음 운전을 배울 때는,
바로 눈앞에 있는 것만 보느라
다른 곳을 살피지 못했다.

운전을 할 때는 저 멀리,
시야를 최대한 넓게 가지라고 한다.

이 말은 꼭 운전할 때만 적용되는 건 아닌 것 같다.
어떤 상황에서든 시야를 넓게 가지면,
보이는 게 훨씬 더 많아지니까.

볼 수 있는 것, 다 보고 있니?
저 멀리 가을 산이
서서히 고운 색으로 물들어가고 있는 요즘이다.

그런 계절

뭔가를 계획하고,
계획대로 착착 진행해 나가는 것도 좋지만,
불현듯 뭔가를 하고 싶을 때가 있다.

머리 스타일 바꾸기.
머릿속에 떠오른 사람 만나러 가기.
하늘을 올려보다, 무작정 바깥으로 발걸음 옮기기.

오늘은, 무계획이 계획이 되기 딱 좋은 날이다.

너도 그래

한 번 상상해 보자.
에메랄드빛 바다가 쫙 펼쳐진 해안도로.
해안도로에 서 있는 교통 표지판.

아름다운 풍경이 펼쳐진 곳을 여행하다 보면,
길가에 서 있는 교통 표지판마저도 낭만적으로 보인다.

요즘은, 멀리 갈 필요도 없다.
가을에 물든 일상 풍경이 딱 그러니 말이다.

어디선가 날아와 내려앉은 은행잎 하나,
바삭바삭 낙엽을 덮고 있는 알록달록한 길도,
그대로 낭만적인 풍경이 된다.

참, 그리고 가을 속의 너도.
너도 그래.

9월

어제에서 오늘은 가능하지만,
오늘에서 어제는 불가능한 걸 보면
마치 편도행 열차에 오른 것 같다.
벌써 9월이 된 달력을 넘기며 8월로 돌아갈
기차표가 있다면 어떨까 생각을 해본다.

여름도 어느덧 추억이다.

떠나요

"절대 하늘을 올려다보지 말 것.
가을의 철칙이다.
왜? 하늘을 보면 떠나고 싶어지니깐.
그런데도 하늘을 보았다면?
떠나야 한다."

어떤 여행 기사를 보다 발견한 글이다.

학교 다닐 때 그런 친구들이 있었다.
"오락실 갈래?" "땡땡이칠래?" 하고 부추기는.

하물며 그게 가을 하늘이라면,
아무래도 떠나야 할 것 같다.
어디로든!

가을이 다 가기 전에

자주 비가 내린다.
노란 색깔의 비.
노란 은행잎이 바람결에 자꾸만 우수수 떨어진다.

은행잎이 바람에 팔랑팔랑 날아다니니까
강아지 한 마리가 은행잎을 따라다니면서
요리 갔다 조리 갔다 신나게 뛰어다녔다.
자기 머리 위에 은행잎 하나 슬쩍 붙어있는 줄도
모르고 말이다.

은행잎이 떨어지고 있다는 건,
가을이 우리에게서 멀어지고 있다는 의미다.

강아지도 낭만을 즐기는 계절, 가을이 다 가기 전에
깜빡했던 낭만 좀 찾아보면 어떨까.

마음 계절

설악산 단풍이 절정이란 소식을 들은 지 얼마 지나지 않아
설악산 첫눈 소식을 들었다.
단풍과 첫눈이 함께라니,
가을과 겨울 사이가 꽤 좋다.

정작 문제는 봄, 여름, 가을, 겨울을
불쑥불쑥 오가는 사람 마음인 것 같다.
요즘 가을과 겨울처럼 사이좋게 공존하면 좋으련만,
마음속 계절은 그렇지가 않다.

어느 날은 산뜻한 봄 마음이다가도
어느 날은 순식간에 시린 겨울 마음으로 바뀐다.
좀처럼 종잡을 수가 없다.

오늘 하루는 어땠니?
부디 좋아하는 계절과 꼭 닮은 마음이었길 바라.

동글동글

그저께는 수면 양말을 꺼내 신었다.
어제는 도톰한 스웨터를 입었다.
그리고 오늘은 패딩을 걸쳤다.
며칠 뒤에는 내복을 입을지도 모르겠다.

날씨가 추워지는 만큼,
하나, 둘~ 따뜻하게 껴입게 되는 요즘이다.
한두 달 뒤 정말 추운 겨울이 왔을 땐
아마 장갑도 끼고, 목도리도 하고,
귀마개도 하고, 털모자도 쓰겠지.

이렇게 계속해서 껴입다 보면
나중에는 볼살 통통, 뱃살 통통한 눈사람처럼
데굴데굴 굴러다니겠단 상상을 해봤다.

겹쳐 입는 두툼한 옷들 덕분에 올겨울,
좀 동글동글~
귀여워지지 않을까?

겨울 간식

칼바람이 쌩쌩 불고 첫눈도 온 걸 보니,
정말 그 계절이 돌아왔나 보다.
간식의 계절, 겨울!

뜨끈한 국물 호호 불어가면서 먹는 어묵 맛!
쫄깃쫄깃 매콤한 떡볶이에 바사삭한 튀김.
아! 김밥, 순대, 만두도 빠질 수 없다.

찬바람이 싸늘하게 두 뺨을 스치면 생각나는
호! 호! 호빵도 물론 빠질 수 없다.
달콤한 팥이 잔뜩 들어있는 잉어빵, 붕어빵도
먹어줘야 한다.

오늘같이 추운 날,
생각만 해도 맛있는 간식을 먹으면서
불 대신 뜨거운 김을 훅훅 뱉어내며
추위를 이겨내 보자!

그러다 보면 세상 근심 다
별거 아닌 것처럼 느껴질 테니까!

신이 겨울을 준 건

매서운 바람이 불어오는 날,
마음마저 휑하게 추운 날.
괜스레 더 외로워진다.

그런 말이 있다.

"신이 겨울을 준 건,
가까이서 서로 온기를 나누라는 의미다."

찬 바람 부는 겨울, 온기를 나눌 누군가와 함께이길.

하룻밤이면

컵라면이 익는데 걸리는 시간 3분.
초바늘이 시계를 한 바퀴 도는 데 걸리는 시간 60초.
첫눈에 반하는데 걸리는 시간 8.2초.
온 세상이 변하는데 걸리는 시간,
단 하룻밤.

창밖엔
간밤에 내린 눈으로 온 세상이 하얗게 물들었다.

겨울이 아니면
이 마법 같은 변화를 볼 수 있었을까?

무한 로딩 해제

컴퓨터를 하다 보면 종종
'로딩 중입니다'라는 문구가 뜰 때가 있다.
근데 아무리 기다려도
이 메시지 창이 사라지지 않을 때가 있다.
그야말로 무한 로딩 상태다.

날씨가 점점 추워질수록
나도 '로딩 중'인 상태일 때가 잦아진다.
아침에 일어나서 이불 밖으로 나올 때,
샤워 한 번 하려고 할 때,
따뜻한 집에서 나서야 할 때,
그럴 땐 나도 모르게 그 자리에서 내내
뭉그적뭉그적하게 된다.

어느덧 해가 환하게 모습을 드러냈다.
혹시 오전 내내 무한 로딩 중이었다면,
이제 슬슬 무한 로딩을 해제할 때다!

겨울 안아주기

추운 겨울엔 역시 따뜻한 걸 찾게 된다.
옷도 한 겹, 두 겹 든든하게 입고,
장갑도 끼고, 목도리도 하고,
따뜻한 차도 마시고,
후끈후끈 난로 앞에서 불도 쬐고.

그런데 어떤 아이가 이런 말을 했다.

"겨울을 따뜻하게 안아줄래요."

겨울 때문에 나 추운 것만 생각했지,
겨울도 추울 수 있단 생각은
왜 미처 못 했을까?

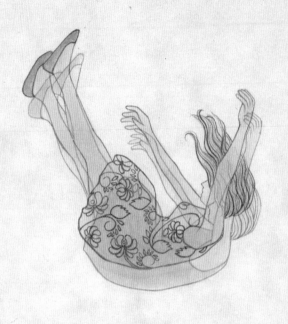

어쩜, 너야말로 꽃 같다

펴낸날	초판1쇄 인쇄 2018년 08월 23일
	초판1쇄 발행 2018년 09월 01일
지은이	배은설, 이화수
펴낸이	최병윤
펴낸곳	알비
출판등록	2013년 7월 24일 제315-2013-000042호
주소	서울시 강서구 화곡로 58길 51, 301호
전화	02-334-4045
팩스	02-334-4046
이메일	sbdori@naver.com
종이	일문지업
인쇄	한길프린테크
제본	광우제책

ⓒ배은설 이화수

ISBN   979-11-86173-49-7 03810

가격   11,000원

「이 도서의 국립중앙도서관 출판예정도서목록(CIP)은 서지정보유통지원시스템 홈페이지
(http://seoji.nl.go.kr)와 국가자료공동목록시스템(http://www.nl.go.kr/kolisnet)에서
이용하실 수 있습니다.(CIP제어번호: CIP2018026122)」